WITHDRAWN

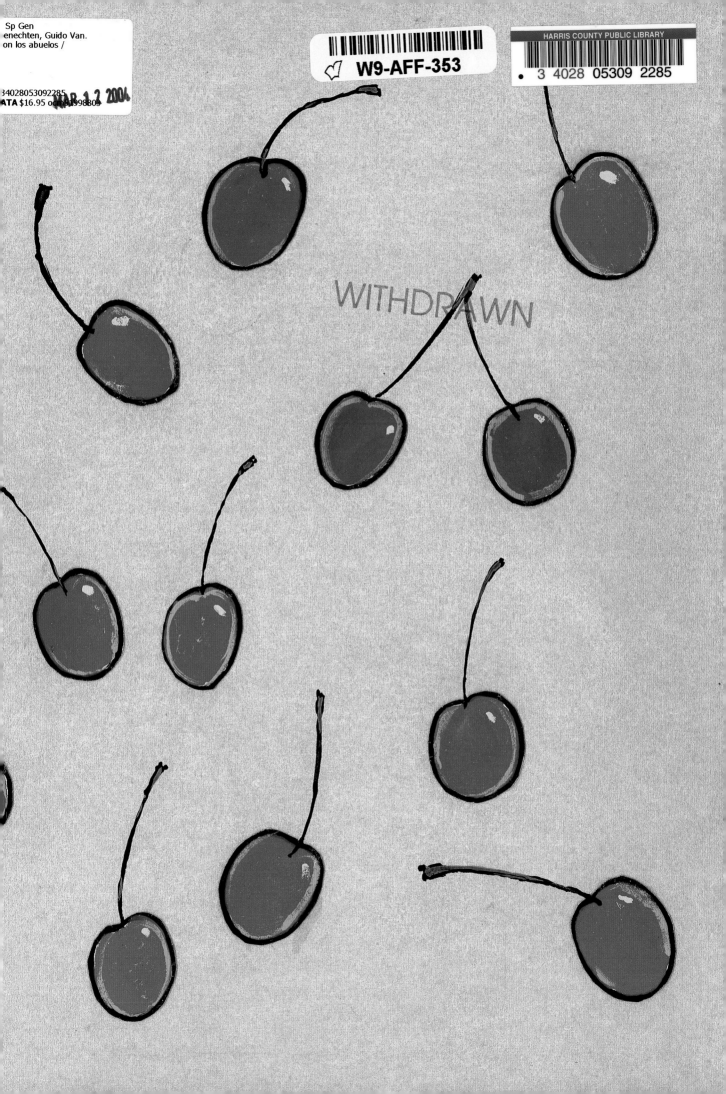

Guido van Genechten
Título original: BIJ OMA EN OPA
© 2002 Uitgeverij Clavis, Amsterdam - Hasselt
© EDITORIAL JUVENTUD, S. A. 2003
Provença, 101 - 08029 Barcelona
info@editorialjuventud.es
www.editorialjuventud.es

Traducción castellana de Élodie Bourgeois y Christiane Reyes
Primera edición, 2003
Depósito legal: B. 607-2003
ISBN 84-261-3268-5
Núm. de edición de E. J.: 10.162
Impreso en España - Printed in Spain
Grafilur, avd. Cervantes, 51, Basauri (Vizcaya)

Guido Van Genechten

Con los abuelos

Editorial Juventud

—¡Yupi! —grita Jan con alegría—. Hoy paso el día en casa de los abuelos.

—¡Qué bien que hayas venido! —dice
el abuelo riéndose—. Justamente ahora
necesitaba que me echaran una mano.

El abuelo lleva la carretilla
pero yo le indico el camino.

El abuelo sabe cómo y dónde encontrar lombrices. (Viven bajo tierra.)

No me da miedo el gallo, porque estoy con el abuelo.

Me deja coger los
huevos en el gallinero.
De uno en uno,
con mucho cuidado.

En medio del jardín
de los abuelos,
hay un gran cerezo.

—Mientras
se cogen
las cerezas
hay que silbar
—bromea el
abuelo.

—¡Vaya par de payasos! —dice riendo la abuela cuando llegamos a casa.

La abuela me
deja remover
la masa
y probarla,
como un
verdadero
cocinero.

La abuela sabe muchas canciones
divertidas de cuando ella
era pequeña.

El pastel de cerezas de la abuela
es el mejor del mundo. Entre los tres,
nos lo comemos entero.

Me lo paso muy bien en casa
de los abuelos,

¡hasta el último momento!

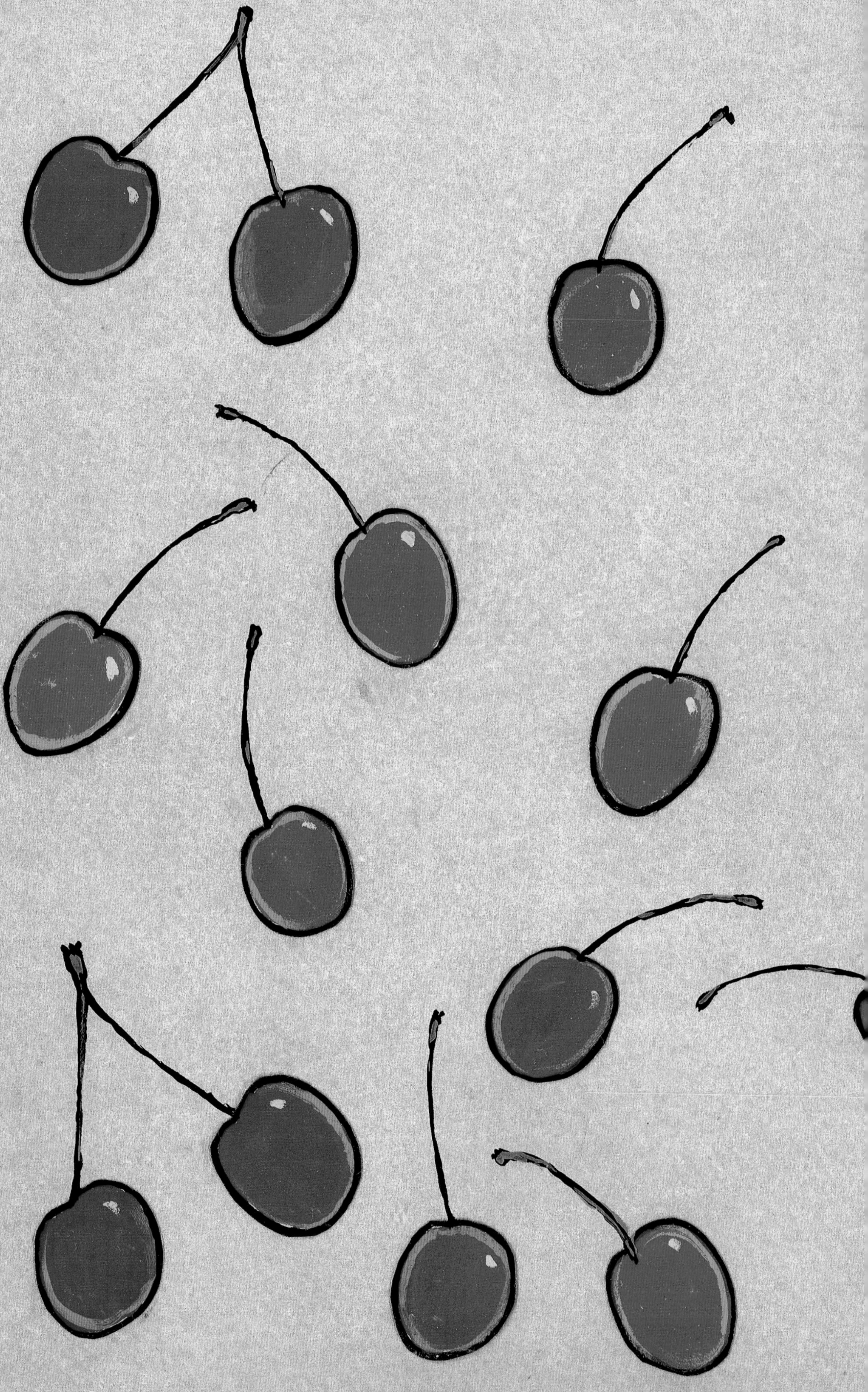